Die Unzertrennlichen

NEUE FINGERSPIELE

2. TEIL

VON ELFRIEDE PAUSEWANG

21. Auflage 1989

DON BOSCO VERLAG · MÜNCHEN

Die vorliegenden Fingerspiele sind im Spiel mit Kindern im Kindergartenalter entstanden.

Sie sollen nicht nur die Spielfreude des Kindes befriedigen und seine Fantasie anregen, sie wollen auch Fertigkeiten und Kenntnisse vermitteln: Sie üben die Geschicklichkeit der Hände, sie bereichern den Wortschatz des Kindes und üben die Sprache, sie vermitteln erste Mengen- und Zahlbegriffe, sie stärken das Gedächtnis usw.

Fingerspiele sind unabhängig von Spielmaterial. Darum sind sie geeignet, jederzeit und überall gespielt zu werden und nutzlose Wartezeiten sinnvoll zu überbrücken.

Die Spiele dieses Heftes sind, soweit möglich, nach dem Schwierigkeitsgrad ihrer Spielbarkeit und ihres Textinhalts geordnet.

Pflaumen

Schüttle, schüttle Bäumchen,

Linke Hand mit abgespreizten Fingern senkrecht hochhalten (Abb.). Rechte Hand schüttelt am linken Unterarm.

wirf herab ein Pfläumchen!

Geschlossene rechte Faust an die linken gespreizten Finger halten.

Wirf herab es für mein Kind,

Rechte Faust leicht auf Tisch oder Schoß fallen lassen.

steckt es in den Mund geschwind.

Rechten Zeigefinger und Daumen zum Mund führen.

Musik

Auf der Flöte bläst mein Kind,
schlägt die Trommel auch geschwind,
streicht die Geige, spielt Klavier.

Die Bewegungen ergeben sich aus dem Text.

Seht, so musizieren wir!

Klatschen.

Glocken

Bim bam, bim bam, Glocken klingen, *Beide Arme schwingen vor dem Körper weit nach rechts und links.*

bimmelim, bimmelim, Glöckchen singen. *Hände hochhalten und aus dem Handgelenk leicht schütteln.*

Der Turm

Steigt unser Kindchen
hoch auf den Turm.

Der linke hochgestellte Unterarm mit senkrecht aufgestellten Fingern ist der Turm (Abb.). Der rechte Zeige- und Mittelfinger steigen daran langsam hinauf.

Kommt erst ein Windchen, *Blasen.*
kommt dann ein Sturm, *Stärker blasen.*
wirft unser Kindchen
– hei! – runter vom Turm. *Die rechte Hand auf den Tisch oder Schoß fallen lassen.*

Ballspielen

Wirf den Ball und fang ihn wieder,	*Bewegung des Werfens und Fangens.*
wirf ihn hoch, er fällt doch nieder.	*Noch einmal, kräftiger.*
Stoß ihn auf die Erde auf!	*Bewegung des Werfens auf die Erde.*
Er springt gleich zu dir hinauf!	*Bewegung des Fangens.*
	Auch mit dem Ball zu spielen.

Regen

Es regnet ohne Unterlaß, es regnet ohne End.	*Beide Hände mit zappelnden Fingern langsam von oben herabsenken.*
Der Regen macht die Füße naß,	*Auf die Füße zeigen.*
den Kopf,	*Den Kopf zeigen.*
das Kleid,	*Das Kleid zeigen.*
die Händ.	*Die waagrechten Hände zeigen.*
Und gibt es keine Wolke mehr,	*Eine Hand zeigt zum Himmel und beschreibt die Form von Wolken.*
wird's endlich wieder hell,	*Die Hand kommt wieder herunter.*
dann kommt die liebe Sonne her	*Rechte Hand mit gespreizten Fingern hochhalten als Sonne (Abb.).*
und trocknet alles schnell.	*Dreimal klatschen.*

Das Osternest

Im hohen grünen Grase,

Alle Finger etwas abspreizen und als Gras hochstrecken.

da sitzt ein Osterhase.

Die rechte Hand ist der Hase. Zeige- und Mittelfinger sind die Ohren und werden hochgestreckt. Die anderen drei Finger berühren sich (Abb.).

Er sieht sich um nach Hecken,
die Eier zu verstecken.

Die rechte Hand nach rechts und links drehen.

Ein Nestchen er gleich find't
von einem braven Kind.

Die linke Hand bildet mit leicht nach oben gekrümmten Fingern das Nest.

Er legt hinein viel Eier
zur frohen Osterfeier.

Die rechte Hand tupft mehrmals in die linke.

Der Weihnachtsbaum

Fünf Buben sind zum Markt gelaufen,	*Rechte Hand hochhalten und drehen.*
um einen Weihnachtsbaum zu kaufen.	*(Abb.)*
Der erste sucht das Bäumchen aus,	*Daumen zeigen.*
der zweite trägt es stolz nach Haus.	*Zeigefinger zeigen.*
Der dritte stellt zu Haus es auf,	*Mittelfinger zeigen.*
der vierte hängt den Schmuck darauf.	*Ringfinger zeigen.*
Der fünfte steckt die Kerzen dran.	*Kleinen Finger zeigen.*
Nun, Christkind, komm und zünd' sie an!	*Mit beiden Händen das Christkind heranwinken.*

Der Clown

Klettert hier ein dicker Clown
auf den alten Bretterzaun,

Linke Hand, Finger waagrecht, als Zaun aufstellen (Abb.). Rechte Faust auf den Zaun klettern lassen.

will in fremde Gärten schau'n,
wo er könnte Äpfel klau'n.

Rechte Hand etwas hin- und herdrehen.

Doch da gibt er nicht gut acht,
hat 'nen Purzelbaum gemacht,

Rechte Faust, Daumen nach unten, auf Tisch oder Schoß auffallen lassen, dann Faust flach auflegen.

und der Zaun ist eingekracht.
Ei, da wird er ausgelacht!

Linke Hand flach umlegen.
Klatschen.

Ritsche ratsche rei

Ritsche ratsche rei,
eins und eins ist zwei.
Plitsche platsche plei,
zwei und eins ist drei.
Witsche watsche wir,
drei und eins ist vier.
Titsche tatsche tünf,
vier und eins ist fünf.
Mitsche matsche mandermand,
fünf Finger hab ich an der Hand.

Mit der linken Hand jeweils bei den Zahlen die Finger der rechten Hand berühren, und zusammenlegen (Abb.).

Rechte Hand hochhalten und drehen.

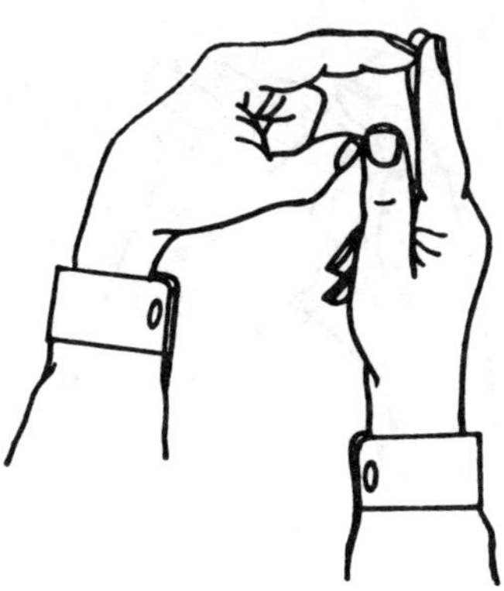

Rechte Hand und linke Hand

Das ist meine rechte Hand,
das ist meine linke Hand.
Rechte Hand nach oben zeigt,
linke auch schon aufwärts steigt.
Rechte Hand fällt jetzt herab,
linke folgt ihr schnell bergab.
Rechte Hand jetzt vorne steht,
linke auch schon vorwärtsgeht.
Rechte kommt zurück ganz schnell,
linke folgt ihr auf der Stell'.

Die ersten Bewegungen ergeben sich aus dem Text.

Rechte Hand versteckt sich nun. — *Rechte Hand auf den Rücken legen.*
Linke muß das auch gleich tun. — *Linke Hand ebenfalls auf den Rücken legen.*

Rechte Hand kommt wieder raus. — *Rechte Hand wieder hervorziehen.*
Linke auch. — *Linke Hand kommt ebenfalls wieder nach vorne.*

Und jetzt ist's aus! — *Beide Hände fassen sich an (Abb.).*

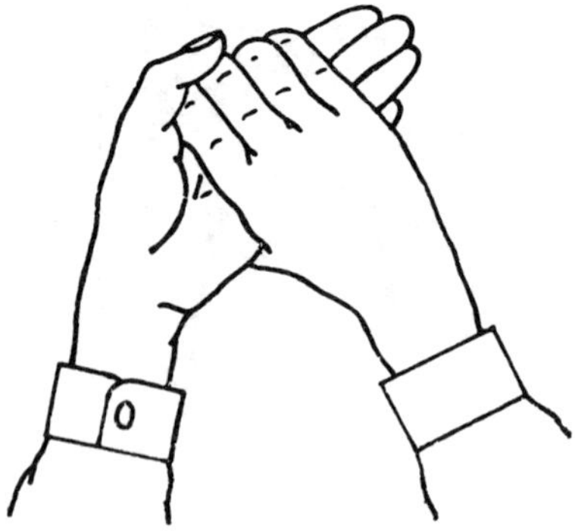

Das Flugzeug

Kommt ein Flugzeug angeflogen, hoch, ganz hoch in weiten Bogen,	*Rechte Hand mit abgespreiztem Daumen und kleinem Finger sehr hochhalten und waagrecht in Bogen bewegen (Abb.).*
senkt sich auf die Erde nieder, kreist noch einmal hin und wieder,	*Die Hand senkt sich langsam.* *Die Hand beschreibt noch einmal einen Kreis.*
rollt dann auf der Rollbahn aus.	*Die Hand auf den Tisch oder den Schoß auflegen und nur noch wenig bewegen, dann anhalten.*
Kommt, ihr Leute,	*Heranwinken.*
steigt jetzt aus!	*Die Arme weit öffnen.*

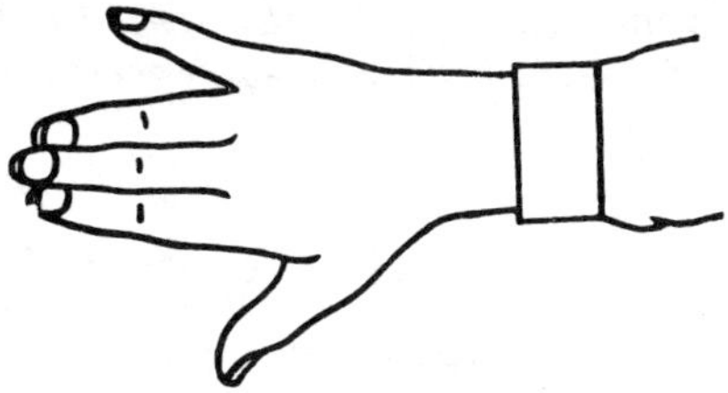

Mein Häuschen

In einem Garten wunderfein,

Arme und Hände bilden einen Gartenzaun. Sie werden waagrecht vor dem Körper zu einem Quadrat gelegt. Die Fingerspitzen beider Hände liegen etwas übereinander.

da steht mein Häuschen klitzeklein,

Die aufrecht gestellten Hände bilden ein Dach, die Fingerspitzen berühren sich.

gebaut aus rotem Ziegelstein,

Rechte flache Hand auf linken Handrücken legen, linke Hand darunter wegnehmen und auf rechten Handrücken auflegen. Rechte Hand wieder wegnehmen usw. (Abb.).

mit Dach

Die Hände bilden ein Dach.

und Tür

Eine aufgestellte Hand macht eine halbe Drehung.

und Fensterlein.

Die beiden Daumen und die beiden Zeigefinger werden zu einer Fensteröffnung zusammengelegt.

Das Dach läßt nicht den Regen ein,

Die Hände kommen mit zappelnden Fingern langsam von oben herab.

durch's Fenster kommt der Sonnenschein,

Die rechte Hand mit abgespreizten Fingern als Sonne hochhalten.

und durch die Tür, so winzig klein,
geh ich hinaus, komm ich herein.

Die linke Hand ist die Tür, die sich durch eine Vierteldrehung öffnet. Der rechte Zeige- und Mittelfinger machen Gehbewegungen an der Tür vorbei.

Und will ich haben meine Ruh',
schließ ich mein Türchen ganz fest zu.

Die rechte Hand macht an der linken Hand die Bewegung des Zuschließens.

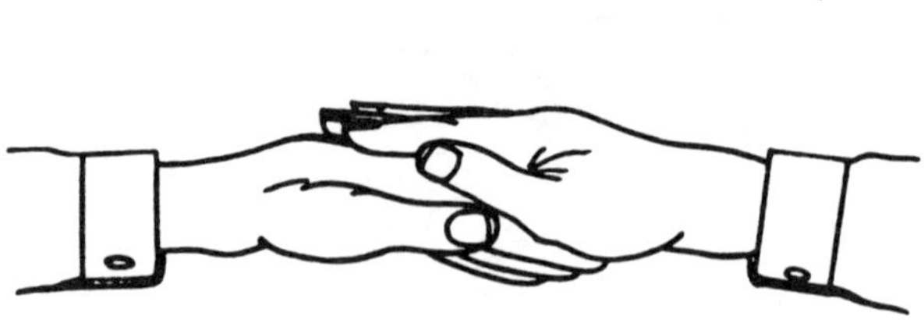

Seht, was ich kann

Das erste Kind:

Seht, was ich kann:
Ich klatsche, ich klatsche.
Fangt alle mit an!

Das erste Kind führt die angesagte Bewegung aus.

Alle Kinder:

Wir klatschen, wir klatschen.
Der nächste kommt dran.

Alle Kinder klatschen.

Das zweite Kind:

Seht, was ich kann:
Ich winke, ich winke.
Fangt alle mit an!

Das zweite Kind winkt.

Alle Kinder:

Wir winken, wir winken.
Der nächste kommt dran.

Alle Kinder winken.

Das dritte Kind:

Seht, was ich kann:
Ich……

Das dritte Kind denkt sich eine Bewegung aus (Klopfen, Werfen, Streicheln usw.). Es kann auch eine andeutende Bewegung sein wie Malen, Waschen, Kämmen und andere.

Alle Kinder:

Wir….., wir…..
Der nächste kommt dran.

Alle Kinder machen die Bewegung nach.

Das Spiel geht weiter, bis alle Kinder eine Bewegung vorgezeigt haben.

Die Finger

Meine Hand hat viele Finger, — *Die rechte Hand zeigen.*
lauter lust'ge kleine Dinger: — *Die Finger zappeln lassen.*
Daumen heißt der dicke Mann,
Zeigefinger folgt ihm dann.
Mittelfinger ist recht groß.
Dieser trägt ein Ringlein bloß.
Und der kleinste kommt zuletzt.
Zählen wir die Finger jetzt:

Entsprechend dem Text die einzelnen Finger der rechten Hand mit dem Zeigefinger der linken Hand berühren (Abb.).

eins, — *Den Daumen der rechten Hand berühren.*
zwei, — *Den Zeigefinger berühren.*
drei, — *Den Mittelfinger berühren.*
Ringfinger vier, — *Den Ringfinger berühren.*
fünf ist dieser kleine hier. — *Den kleinen Finger berühren.*

Darum hat die Hand fünf Finger, — *Die rechte Hand zeigen.*
lauter lust'ge kleine Dinger. — *Die Finger zappeln lassen.*

Verstecken

Rechte Hand will sich verstecken.

Rechte Hand in die Tasche oder zwischen die Falten des Rockes oder unter den Pullover stecken.

Linke sucht in allen Ecken,
kann sie nirgends sehn.

Linke, senkrecht hochgestellte Hand nach allen Richtungen bewegen und drehen.

Kleiner Finger hält's nicht aus,
schaut aus dem Versteck heraus.
Das ist gar nicht schön!

Den rechten kleinen Finger etwas aus dem Versteck heraussehen lassen (Abb.).

Kommt gelaufen linke Hand,
und natürlich sie ihn fand,
lacht und bleibt gleich stehn:

Die linke Hand vor dem rechten kleinen Finger aufstellen.

Komm heraus, du rechte Hand,

Rechte Hand aus dem Versteck ziehen.

linke ja schon längst dich fand.
Laß uns weitergehn!

Beide Hände, senkrecht aufgestellt, nebeneinander schrittweise nach links bewegen.

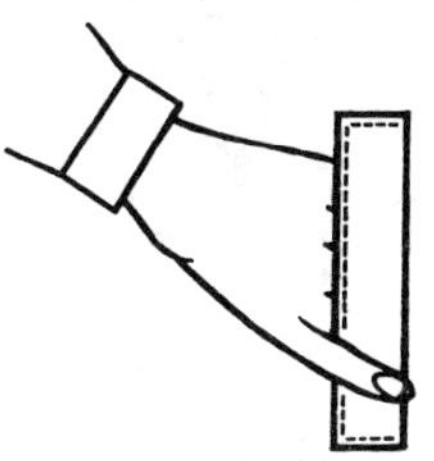

Zwerg und Hase

Es war einmal ein kleiner Zwerg	*Daumen und Zeigefinger der rechten Hand werden aufgestellt und berühren sich. Sie bilden die Kapuze des Zwergs. Die anderen Finger werden zur Faust gebogen (Abb.).*
auf einem ziemlich hohen Berg.	*Beide Unterarme und Hände bilden den Berg. Die Fingerspitzen berühren sich wie beim Dach, die Finger sind aber etwas gekrümmt, so daß der Berg nicht ganz spitz ist.*
Der Zwerg ist einst herabgestiegen,	*Rechte Hand, wieder als Zwerg, langsam schrittweise von oben nach unten führen.*
denn einen Hasen wollt er kriegen.	*Die linke Hand bildet den Hasen: Hochgestellte Zeige- und Mittelfinger sind die Ohren. Die übrigen Finger berühren sich.*
Der Hase merkt's und läuft geschwind und ruft: Ach hilf mir, liebes Kind!	*Den Hasen schnell fortbewegen.*
Das Kind, das öffnet seine Tür: Komm, Hase, schnell herein zu mir!	*Die mit waagrechten Fingern aufgestellten Hände zusammenlegen – Handwurzel der rechten Hand auf Fingerspitzen der linken, Fingerspitzen der rechten über Handwurzel der linken Hand – und nach rechts und links auseinanderziehen.*
Es schließt die Türe ganz fest zu: Bleib draußen, Zwerg, laß uns in Ruh!	*Die Hände wieder übereinanderschieben.*
Da ist der Zwerg bald heimgegangen, er konnt den Hasen doch nicht fangen.	*Die rechte Hand als Zwerg langsam schrittweise bergauf führen.*

Wir freuen uns

Wir freuen uns, wir freuen uns, eia hoho!	*Klatschen.*
Daß bald der Winter kommt, daß bald der Winter kommt,	*Hände mit zappelnden Fingern langsam von oben nach unten führen.*
eia hoho!	*Klatschen.*
Wir freuen uns, wir freuen uns, eia hoho!	*Klatschen.*
Daß bald die Glocke klingt, daß bald die Glocke klingt,	*Arme vor dem Körper nach links und rechts schwingen.*
eia hoho!	*Klatschen.*
Wir freuen uns, wir freuen uns, eia hoho!	*Klatschen.*
Daß bald der Christbaum glänzt, daß bald der Christbaum glänzt,	*Hände und Unterarme bilden die Form des Christbaums. Die Fingerspitzen berühren sich.*
eia hoho!	*Klatschen.*
Wir freuen uns, wir freuen uns, eia hoho!	*Klatschen.*
Daß bald das Christkind kommt, daß bald das Christkind kommt,	*Freudiges Hochstrecken der Arme.*
eia hoho!	*Klatschen.*

Schlittenfahren

Fünf Brüder gehen durch den Wald,
der Weg ist hart, die Luft ist kalt.

Linke Hand hochhalten und leicht auf- und abbewegen.

Der erste sagt: O Bruder, schau,
die Wolken sind so schwer und grau!

Daumen der linken Hand zeigen.

Der zweite sieht hinauf zur Höh':
Ich glaube, sagt er, es gibt Schnee!

Linken Zeigefinger zeigen.

Der dritte schaut und sagt sodann:
Es fängt ja schon zu schneien an!

Linken Mittelfinger zeigen.

Der vierte hält die Hände auf,
da fällt ihm weicher Schnee darauf.

Linken Ringfinger zeigen.

Der fünfte ruft: Ich lauf nach Haus
und hole unsern Schlitten raus!

Linken kleinen Finger zeigen.

Nun setzt euch auf, ihr lieben Brüder,
und saust mit mir den Berg hernieder!

Rechte Hand waagrecht mit dem Handrükken nach oben hochhalten. Linke Hand mit gebeugten Fingern, Rücken auf Rücken, darauflegen (Abb.). Die Hände rasch von rechts oben nach links unten führen.

Der Käfer

Ein Käfer fängt zu klettern an.
Er steigt, so weit er steigen kann,
an einem Grashalm hoch hinauf
und hält erst oben ein im Lauf.

Der linke Arm mit hochgestreckter Hand ist der Grashalm. Die rechte Hand wird mit Fingerbewegungen langsam am linken Arm hinaufgeführt.

Nun steht er wie auf einem Turm.

Die rechte Hand bleibt auf den Fingerspitzen der linken Hand stehen.

Da bläst ein arger Wirbelsturm.

Blasen.

Der Halm schwankt hin –
der Halm schwankt her,
er beugt sich tief, er biegt sich sehr.

Linken Arm mit rechter Hand erst leicht, dann stärker nach rechts und links biegen.

Der Käfer sich am Grashalm hält,
damit er nicht hinunterfällt.

Rechte Hand klammert sich an die linke Hand.

Da bläst noch mehr der tolle Wind

Blasen.

und wirft ihn doch hinab geschwind.

Die rechte Hand auf den Tisch oder Schoß fallen lassen.

Ihr meint, jetzt tat er sich sehr weh?
O nein, er guckt nur in die Höh'

Heben des rechten Mittelfingers.

und lacht und rappelt sich schnell auf

Leichte Bewegungen der rechten Hand auf dem Tisch oder dem Schoß.

und steigt am nächsten Halm hinauf.

Kriechbewegungen der rechten Hand zum linken Arm und wieder hochsteigen (Abb.).

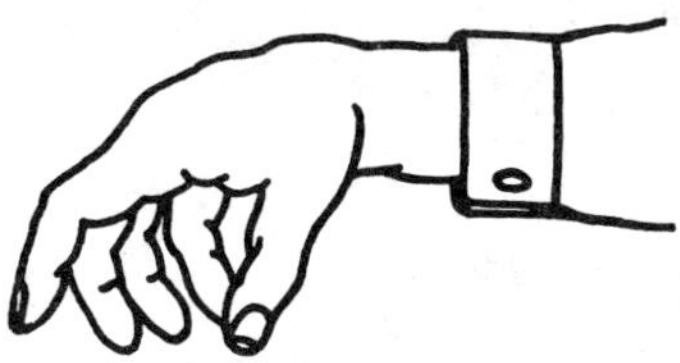

Märchen

Ein König hat ein schönes Schloß	*Die Arme sehr hoch zu einem Dach zusammenlegen.*
in einem Garten riesengroß.	*Der rechte Zeigefinger beschreibt einen großen waagrechten Kreis.*
Viel Bäume in dem Garten stehn,	*Beide Arme mit gespreizten Fingern hochhalten.*
ein See ist auch darin zu sehn.	*Die Arme werden zu einem waagrechten Kreis geschlossen, die Fingerspitzen greifen übereinander.*
Die Wellen treibt der lust'ge Wind,	*Beide flachen Hände, Handrücken nach oben, bewegen sich wellenförmig.*
am Ufer tanzt das Königskind.	*Die rechte, aufrecht gestellte Hand dreht sich nach rechts und links.*
Ein Fisch schwimmt munter in dem See,	*Die dicht aneinandergelegten Hände, Handwurzel auf Handwurzel und Finger auf Finger, machen leichte schlängelnde Bewegungen.*
Springbrunnen plätschert in die Höh'.	*Beide Fäuste werden zusammengelegt, dann nach oben gezogen und geöffnet. Die geöffneten Hände fallen nach außen zurück und schließen sich unten wieder zur Doppelfaust. Wiederholen.*
Die Wolken ziehen drüber hin.	*Die Hände mit Handrücken nach oben werden waagrecht hochgehalten und beschreiben den Weg der Wolken.*
Am Fenster schaut die Königin.	*Daumen und Zeigefinger beider Hände werden zu einem Fenster zusammengelegt.*
Und hoch im Baum	*Den linken Arm mit abgespreizten Fingern hochhalten.*
ein Vogel singt.	*Die rechte geschlossene Hand wird an die Finger der linken Hand gehalten. Rechter Zeigefinger und Daumen bilden den Schnabel, der sich öffnet und schließt (Abb.).*
Es tanzt das kleine Königskind.	*Die rechte aufgestellte Hand dreht sich nach rechts und links.*

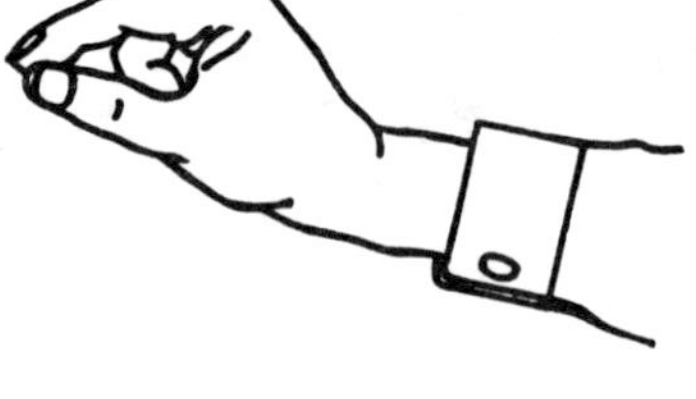

Die Maus

Fährt ein Wagen durch den Wald,	*Beide Hände markieren das Steuern eines Wagens.*
hält vor einem Häuschen bald.	*Die Hände bilden ein Dach.*
Aus dem Wagen steigt heraus eine klitzekleine Maus,	*Die Finger der linken Hand machen auf dem Tisch oder dem Schoß Gehbewegungen.*
klopfet an die Tür geschwind:	*Klopfbewegung.*
Mach mir auf, du liebes Kind!	
Und schon tut sich auf die Tür:	*Beide Arme waagrecht nach vorn strecken und langsam nach den Seiten öffnen.*
Mäuslein, komm herein zu mir!	*Winkbewegung mit beiden Händen.*
Bleib nur hier in meinem Haus,	*Arme und Hände bilden eine Mauer, die Finger liegen hintereinander (Abb.).*
liebe kleine graue Maus!	*Die rechte Hand streichelt den Handrücken der linken Hand.*

Das Spiel wird oft wiederholt. Bei der ersten Wiederholung wird die letzte Zeile nur noch geflüstert, die Bewegung aber ausgeführt. Bei der zweiten Wiederholung werden die beiden letzten Zeilen nur noch geflüstert, bei der dritten die letzten drei Zeilen usw.

Für größere Kinder wird das Spiel spannender, wenn diejenigen Kinder, die nicht gut aufpassen und bei den geflüsterten Zeilen laut sprechen, aus dem Spiel ausscheiden müssen.

Die Hände

Was haben wir am Ende
doch für geschickte Hände!
Sie können viele Sachen
bald rechts, bald links schnell machen.

Beide Hände zeigen.

Erst die rechte, dann die linke Hand zeigen.

Die Hände können waschen,
sie greifen in die Taschen.
Die Hände können suchen,
sie backen einen Kuchen.

Die Bewegungen ergeben sich aus dem Text.

Sie rühren eine Suppe,
sie füttern unsre Puppe,
sie lenken unsern Wagen
und können Koffer tragen.

Sie kämmen unsre Köpfe,
sie flechten unsre Zöpfe
und können Schleifen binden,
im Dunkeln Schalter finden.

Die Hände öffnen Türen,
die uns ins Freie führen.
Sie schlagen mit dem Hammer,
sie klammern mit der Klammer.

Sie spielen auch die Flöte,
die Geige und Trompete.
Sie lassen Peitschen knallen,
die weithin laut erschallen.

Der Kreisel muß sich drehen,
der Turm muß grade stehen.
Die Hände können malen,
die Hände schreiben Zahlen.

Sie nähen und sie sticken,
sie häkeln und sie stricken,
sie schneiden kreuz und quere
mit einer scharfen Schere.

Was haben wir am Ende
doch für geschickte Hände!
Sie können viele Sachen
ganz zuverlässig machen.

Zeigen und Drehen beider Hände.

Die Blumen

Ich sä' in meinem Blumengarten viel Samen, winzig klein und schön,	*Bewegung des Säens.*
und kann es dann fast nicht erwarten, sie keimen und gedeihn zu sehn.	*Fingerkuppe des rechten Zeigefingers langsam von unten zwischen den Fingern der linken Hand durchstecken.*
Ich gieße fleißig	*Die rechte Faust mit abgespreiztem Daumen ist die Gießkanne. Bewegung des Gießens.*
und ich jäte,	*Die rechte Hand macht die Bewegung des Auszupfens.*
ich pfleg' die kleinen Pflänzchen gut,	*Beide flachen Hände, Handrücken nach oben, waagrecht hin- und herbewegen.*
damit auch alles, was ich säte, gedeiht und fröhlich wachsen tut.	*Die Hände heben.*
Ich komm in meinen Garten heute,	*Beide Unterarme und Hände bilden den Gartenzaun, die Finger liegen hintereinander.*
da blühn die Blumen schon so schön!	*Die beiden Hände senkrecht aufstellen und zusammenlegen, dann langsam öffnen und die Finger auseinanderspreizen, während die Handwurzeln sich weiterhin berühren (Abb.).*
Nun freuen sich auch alle Leute, die draußen dran vorübergehn.	*Drehen des Kopfes nach rechts und links.*

Finger zählen

Ich hab fünf Finger an der Hand,
die sind euch allen wohlbekannt:
Der Daumen, Zeige-, Mittelfinger,
der Ring- und auch der kleine Finger.

Zeigen einer Hand.

Zeigen der einzelnen Finger laut Text.

Nun geht der Daumen weg von hier.
Da bleiben noch der Finger.....
Verschwindet auch der Zeigefinger,
dann bleiben.....der Zappeldinger.
Und geht nun weg auch noch der dritte,
der lange, große in der Mitte,
dann bleiben nur noch.....alleine,
der Ringfinger und der ganz kleine.
Und geht der Ringfinger noch fort,
bleibt nur der kleine noch am Ort.

Jeweils den betreffenden Finger nach innen umlegen. Die Kinder ergänzen an den punktierten Linien die Zahl.

Er weint und ruft: Ich bin so klein,
ich will doch nicht alleine sein!

Bewegen des kleinen Fingers (Abb.).

Da kommen zweie schnell herbei,
da sind es gleich der Finger.....
Kommt auch der Zeigefinger an,
vier Finger sind ganz schnell es dann.
Der Daumen kommt dann auch zuletzt.
Sagt, wieviel Finger sind es jetzt?

Jeweils die betreffenden Finger wieder aufstellen.

Die Brücke

Über die Brücke aus Eisen und Stein	*Beide Arme bilden einen gewölbten Bogen, die Finger werden übereinandergeschoben (Abb.).*
gehen die Leute, ob groß oder klein,	*Die rechte Hand zeigt „groß" und „klein" an.*
fahren die Wagen	*Mit beiden Händen die Bewegung des Steuerns ausführen.*
und rattert der Bus.	*Mit den Fingern auf den Tisch trommeln oder die Fäuste schnell gegeneinanderschlagen.*
Unter der Brücke fließt langsam der Fluß,	*Wieder die Brücke bilden.*
trägt viele Schiffe, beladen und schwer,	*Die Hände bilden ein Schiff, das sich langsam weiterbewegt.*
unter der steinernen Brücke daher.	*Wieder die Brücke bilden.*

Der Hut

Ein Mann hat einen neuen Hut,	*Die rechte flache Hand auf die linke hochgehaltene Faust legen.*
der steht ihm wirklich gar zu gut.	*Die linke Faust mit der rechten Hand als Hut leicht drehen.*
Er geht spazieren. Kommt der Wind	*Beide Hände schrittweise nach rechts bewegen.*
und weht den Hut ihm weg geschwind.	*Wegziehen der rechten Hand.*
Der Wind, der bläst jetzt immer mehr	*Blasen.*
und treibt den Hut die kreuz und quer.	*Schnelles Bewegen der rechten Hand.*
Der Mann, der ruft und rennt geschwind:	*Schnelles Bewegen der linken hochgehaltenen Faust.*
Laß meinen Hut, halt ein, Herr Wind!	*Stehenbleiben der hochgehaltenen Faust. Die Faust etwas nach hinten biegen.*
Der Wind jedoch bläst immer noch: Mann, lieber Mann, fang ihn dir doch!	*Blasen.*
Der Mann rennt hin, der Mann rennt her.	*Schnelle Laufbewegung des linken Unterarms mit der hochgehaltenen Faust.*
Der Wind bläst mehr und immer mehr.	*Nach rechts und links blasen.*
Der Hut, der lernt geschwind zu fliegen.	*Die rechte Hand bewegt sich schnell nach rechts und links.*
Der Mann kann seinen Hut nicht kriegen.	*Stillhalten der linken Hand, die Faust etwas nach vorn geneigt.*
Jetzt fliegt der Hut ganz hoch hinauf. Da steht am Haus ein Fenster auf.	*Hinaufführen der rechten Hand.* *Die linke Hand greift auf den Kopf. Der Arm bildet die Fensteröffnung.*
Der Wind läßt nicht sein Blasen sein und treibt den Hut zum Fenster rein.	*Durch diese Öffnung wird die rechte Hand geschoben.*
Da steht der Mann und lacht und lacht: Herr Wind, das hast du gut gemacht!	*Den linken Arm mit der hochgehaltenen Faust ganz rasch leicht hin- und herbewegen.*
Er geht zur Haustür ganz schnell hin. Da wohnt ja die Frau Müller drin!	*Die rechte Hand stützt sich auf die rechte Hüfte und bildet eine Öffnung, zu der sich die linke Hand hinbewegt.*

Frau Müller öffnet froh und munter.	*Die rechte Hand bildet auch eine Faust. Sie wird hochgehalten. Sie macht steigende Bewegungen.*
Sie holt dem Mann den Hut herunter.	*Die rechte Hand macht absteigende Bewegungen. Die Faust öffnet sich und legt sich wie am Anfang flach auf die linke Faust.*
Der Mann, der geht ganz schnell nach Haus.	*Die linke Faust mit der rechten Hand bewegt sich schrittweise rasch nach rechts.*
Und nun ist die Geschichte aus.	*Beide Hände schnell auf den Rücken legen.*

Die Krippe

Seht, hier in dieser Krippe,
da liegt das Jesuskind.

Beide Hände zusammenlegen, die Handflächen nach innen. Die Hände schräg nach oben zur Krippe öffnen.

Die Hirten knien daneben,
die schnell gekommen sind.

Beide Hände einzeln bei der Handwurzel aufstützen, die Finger krümmen (Abb.).

Und Josef und Maria,
die stehen auch dabei.

Beide Hände senkrecht aufstellen.

Maria wiegt das Kindlein
ganz leise ein: schum schei.

Unterarme vor der Brust zusammenlegen und wiegende Bewegungen machen.

Nach der oben angegebenen Melodie singen:

Schum schei, schum schei, schum schei.

Wiegen.

Und durch die Luken fliegen
viel Engelein herein
und tanzen leis und singen
dem lieben Jesulein.

Hände hochheben und leicht nach rechts und links bewegen.

Am Himmel hoch dort oben,
in weiter weiter Fern',
da strahlt mit hellem Scheine
ein wunderschöner Stern.

Rechte Hand mit gespreizten Fingern sehr hoch halten.

Singen:

Schum schei, schum schei, schum schei.

Wiegende Bewegung der Arme.

Das Schifflein

Es fährt ein Schifflein über'n Rhein,
ein kleiner Junge stieg hinein.

Nach der oben angegebenen Melodie mit Wiederholung singen:

Das Schifflein, es schaukelt,
das Schifflein, es schwimmt.

Jeweils bei dem gesungenen Teil formen die Hände ein Schiff und machen schaukelnde Bewegungen.

Da fährt ein Dampfer schnell vorbei
mit Rumpumpum und viel Geschrei.

Singen wie oben.

Die Wellen kommen rasch daher,
das Schifflein schaukelt mehr und mehr.

Singen.

Stärker schaukeln.

Die größte Welle kommt geschwind,
wirft's Schifflein um mitsamt dem Kind.

Singen.

Die Hände als Schiff nach rechts oder links umlegen.

Der Junge aber schwimmen kann
und kommt gar bald am Ufer an.

Singen.

Die umgelegten Hände schaukeln lassen.

Die Wellen packen an den Kahn
und treiben ihn ans Ufer an.

Singen.

Die umgelegten Hände langsam unter Schaukeln an die Brust heranziehen und wieder aufrichten.

Die Sonne kommt heraus geschwind
und trocknet Kahn und trocknet Kind.

Singen.

Das Schiff wieder schaukeln lassen.

Die Weihnachtszeit

Ein Kind singt nach oben angegebener Melodie:

Was machen wir in der Weihnachtszeit,
Weihnachtszeit, Weihnachtszeit,
was machen wir in der Weihnachtszeit,
in der Weihnachtszeit?

Alle Kinder antworten mit derselben Melodie:

So reiben wir unsre Äpfel blank,
Äpfel blank, Äpfel blank,
so reiben wir unsre Äpfel blank,
unsre Äpfel blank.

Die linke Faust ist der Apfel, den die rechte Hand blank reibt.

Ein Kind singt wieder die gleiche Frage:
Was machen wir......

Alle Kinder antworten singend:

So knacken wir unsre Nüsse auf,
Nüsse auf, Nüsse auf,
so knacken wir unsre Nüsse auf,
unsre Nüsse auf.

Die rechte Hand schließt sich fest um die linke Faust. Beide Hände mit Geräusch auf den Tisch fallen lassen oder dazu mit dem Fuß aufstampfen.

Ein Kind fragt:
Was machen wir......

Die Kinder antworten:
So backen wir unsre Kuchen fein,
Kuchen fein, Kuchen fein,
so backen wir unsre Kuchen fein,
unsre Kuchen fein.

Beide Hände als liegende Fäuste vor- und zurückziehen wie beim Teig ausrollen.

Ein Kind fragt:
Was machen wir......

Die Kinder antworten:
So schmücken wir unsern Weihnachtsbaum,
Weihnachtsbaum, Weihnachtsbaum,
so schmücken wir unsern Weihnachtsbaum,
unsern Weihnachtsbaum.

Beide Hände abwechselnd bald hoch, bald tief, bald rechts, bald links die Bewegung des Aufhängens ausführen lassen.

Ein Kind fragt:
Was machen wir......

Die Kinder antworten:
So freun wir uns auf das Christkindlein,
Christkindlein, Christkindlein,
so freuen wir uns auf das Christkindlein,
auf das Christkindlein!

Klatschen oder Tanzen.

Die in der Melodie mit einem Betonungszeichen versehenen Stellen können durch Triangel oder andere Schlaginstrumente verstärkt hervorgehoben werden.

INHALT